LA CARRA-MANIE.

Par le Pere Duchéne.

J USQU'A quand, pauvres bougres d'imbécilles, vous laisse-
rez-vous empaumer par les déclamations infensées de quelques
énergumènes, qui d'un trait de plume vous enfantent des
armées de deux cens mille hommes, toutes prêtes à fondre
fur vous ; le diable m'extermine, s'il faut croire un mot
de toutes ces foutaifes. Qu'on s'en rapporte au Pere Duchêne qui n'eft ni menteur, ni poltron, ni jeanfoutre, &
qui voudroit, tant il eft humain, vous préferver de la peur
du mal, & du mal de la peur : facredié, cela me refout
de cent pas, quand je vois qu'on fe laiffe berner par de pa-
reilles coyonnades ! C'eft à des enfans que l'on fait des
contes à dormir de bout, mais foutre nous fommes des
hommes, & nous devons méprifer toutes ces balivernes.
Méfiez-vous donc, mes chers compatriotes, de tout ce qui
eft outré, croyez qu'on ne forge pas ainfi des armées toutes
prête à venir nous foutre malheur, & que Meffieurs les
Potentats de l'Europe ont auffi du fil à retordre chez eux,
& bien d'autres chiens à fouetter. Eh ! vous croiriez, comme
des bougres de bonaces, d'après l'affertion de Carra, que
pour fervir le reffentiment de quelques vagabonds d'Ariftocrates qui quittent femmes & enfans pour aller courir,
Meffieurs les Rois font difpofés à nous envoyer des ba-
taillons pour nous boucanner au milieu du grand œuvre de
nôtre régénération ? N'en déplaife à l'ami Carra, foyons
en repos là-deffus, nous n'avons à craindre d'autres ennemis que ceux qui font au milieu de nous, & foutre,
s'ils bronchent, nous faurons en venir à bout... Qu'ils
trembleut de combler la mefure.... Qu'ils frémiffent d'un

second réveil de la Nation !... Je veux que dix mille diable me boulversent l'ame, je veux que le crâne d'un Aristo-crate me serve de tasse à rôgomme, s'il échappe un seul de ces noirs coquins. Mais, mes bons amis, si je prétendsvous préserver de la Carra-Manie, ce n'est pas à dire pour cela que je veuille insinuer que Carra soit un jeanfoutre ; au con-traire, le bougre ne s'égate quelquefois que par excès de patriotisme, & cela est bien pardonnable dans un tems où les ennemis de la Nation voudroient tout voir en capi-lotade. Mais vous le savez, que peut la partie contre le tout ; le pot de terre ne se brise-t-il pas en éclats contre le pot de fer? Soyons tranquilles, vous dis-je, encore un peu de patience, & çà ira, ou dix millions de diables m'exterminent. Ne croyez donc plus aux fables, que de vaines déclamations ne vous en imposent pas, & lorsque l'ami Carra ne fait ce qu'il dit, il ne faut pas l'écouter. Ce qui le refout le plus, c'est toujours l'affaire de Nancy ; voilà ce qui, depuis la révolution, a le plus fort animé sa bile ; moi qui vous parle, j'en ai été malade de dé-tresse, j'ai éprouvé, au récit de cette horrible catastro-phe, les convulsions d'une cruelle agonie ; & sans la goute de rôgomme qui a soutenu le Pere Duchêne, le pauvre bougre seroit déjà foutu. Ah cette affaire de Nancy est bien terrible aussi ! le plus clairvoyant n'y voit goute. Que de versions différentes n'ont pas été faites, que de ridicules exagérations n'a-t-on pas vues dans les divers Journaux, dont les rédacteurs absurdes ou calomniateurs, se font plus à charger leurs diatribes hebdomadaires. Moi, Pere Duchêne, j'ai été abusé tout comme un autre. Au récit de la catastrophe de Nancy, j'ai bien vîte taillé ma plume & broyé du noir ; envi-ronné de fantômes hideux, de cadavres, de spectres en-sanglantés, de grenadiers pendus aux fenêtres, de femmes éventrées; j'ai lancé à tort & à travers les foudres de la malédiction fur les bourreaux infames, auteurs de tant d'atrocités. Ainfi le Pere Duchêne, pour avoir été trompé, pour s'être trop livré au premier mouvement qu'une ame fenfible éprouve, au détail exagéré d'une horrible cataftrophe, eft-il un jeanfoutre pour cela? Non fans doute. Eft-ce ma faute fi des fots ou des méchans fe font avifés de charger le tableau des défaftres de Nancy, s'ils ont annoncé deux ou trois mille hommes tués fur le champ de bataille, tandis qu'il eft prouvé, clair comme le jour, qu'il n'y en a pas cent, en comptant les cinq à fix ftipendiaires de Mets, qui font venus comme des imbécilles fe foutre à la gueule du canon. Eh! voilà comme on eft trompé par des bougres de charlatans qui mentent comme des enragés. Tonnerre de mille Dieux! le mal n'eft-il pas affez grand, faut-il encore chercher à altérer la vérité? C'eft ici le cas de citer l'abfurde & atroce compilation intitulée relation exacte & impartiale, &c. &c... Cet œuvre de ténebres infpiré par Lucifer & compagnie, eft bien digne de fon auteur. (*) Cet inepte Gafcon avoit compté fur une ample moiffon de lauriers, & fur-tout d'argent pour payer fes dettes. Mais il n'a recueilli que l'opprobre & le mépris dont doit être chargé tout vil calomniateur. Comme ce griffonneur eft fort amateur de tragédies, fur-tout dans le genre de celles où l'officier des hautes-œuvres joue le principal rôle; il defiroit avant fon départ de Nancy, voir renouveller quelques-unes de ces exécutions fanglantes dont la rage de fes pareils

---

(*) *LEONARD, Officier du Meftre-de-Camp Cavalerie.*

4

aime à fe repaître; mais à fon grand' déplaifir ;
la repréfentation n'a pas eu lieu, & il eft parti de
cette Ville où fa noire méchanceté vouloit réveiller les
haines réciproques, les difcordes fatales; heureufement
que cela n'a pas pris, au grand regret de fon teintu-
rier que je connois de réputation, & qui eft bien le
plus noir . . . . qu'on connoiffe de
cent lieues à la ronde. Admirez un peu la mal - adreffe
de ces abominables jeanfoutres d'Ariftocrates qui veu-
lent infinuer que les meilleurs Patriotes font les uniques
moteurs des défaftres dont plufieurs Villes de la France
ont été les fanglans théatres, tandis que leur fource eft
connue à la honte des perfides inftigateurs dont les coups
ont frappé long-tems dans les ténebres pour préparer les
explofions épouvantables dont eux - mêmes ont manqué
d'être les victimes, fur-tout dans l'affaire de Nancy. Mais
enfin elle eft connue cette trifte vérité, elle eft, fur-tout,
fenfible & frappante dans le Rapport des Commiffaires
du Roi, auffi vrai, auffi modéré, que la plupart des autres relations font abfurdes, calomnieufes & méchantes.
Eh bien ce foutu Carra ne dit-il pas encore que ces deux
Commiffaires, que je connois pour de bons bougres, &
qui paffent pour d'excellens Patriotes, ont pallié certains
faits, & qu'ils ont tort de donner des éloges au Pere
Bouillé ! Quant à moi, je crois qu'il peut les mériter,
comme Patriote & comme Général, à préfent que je
fuis mieux inftruit, je crois très-fort que le Pere Bouillé
n'eft pas un jeanfoutre, qu'il fera fidel, à fon ferment,
qu'il protégera la liberté, qu'il deviendra le plus ferme
rempart de la Conftitution; car on connoit fes talens
militaires, qu'il ne voudra pas flétrir fes lauriers & fe
couvrir d'opprobre en fe parjurant. O Bouillé ! entre la
gloire & l'infamie, ton choix n'eft pas douteux; la France

entiere a les yeux ouverts fur ta conduite ; & malgré les imprécations de Carra, la France entiere fonde beaucoup fur ta parole d'honneur. Ainfi, Carra, tais-toi ; car on fe laffe de tes déclamations outrées ; on dit par toute la France que tu n'es qu'un bougre d'aboyeur qui ne fe plait qu'à femer, fans néceffité, la terreur & les allarmes ; fi tu continues fur le même ton, je veux que le tonnerre me grille, fi tu ne fais tomber à plat les annales du comperè Mercier, j'en ferois fâché pour ce pauvre bougre-là. Dans le fait, dis-moi, Carra, qu'avons-nous à craindre ? Les Miniftres Ariftocrates font remplacés par des Miniftres Patriotes, & tous dévoués à la Conftitution ; l'Armée Françoife qu'on vouloit diffoudre peu à peu, va reprendre toute fa force & fon énergie ; la maffe terrible des nombreufes Gardes Nationales qui couvrent la vafte étendue de cet Empire ; eft feule capable de pulvérifer tous les ennemis de la France, du dedans & du dehors. Et nous ferions affez jeanfoutre pour concevoir encore des terreurs paniques ! je veux qu'un million de diables m'affaffinent, fi nous avons rien à craindre. Laiffons aux ennemis du bien public la trifte fatisfaction d'exhaler en murmures leur rage impuiffance. Lorfque leurs machinations perfides tendent à tout bouleverfer, le grand ouvrage de notre régération s'opere à travers les vaines clameurs, & les obftacles qu'on prétend oppofer à fa marche rapide. Malheureux bougres d'Egoïftes qui ne voient pas le doigt de Dieu marqué dans cette révolution mémorable, où l'homme devenu libre, ceffe enfin de ramper fous le joug aviliffant de l'oppreffion ! Nom d'un tonnerre ! . . . . . . ma colere eft à fon comble quand je vois une poignée de jeanfoutre, ridicules pygmées, vouloir batailler contre un Peuple libre qu'ils prétendent faire rentrer dans ſes premiers fers. Les inſenſés! Mais ; tandis que ces vils inſectes diſtillent leurs noirs poiſons, notre Aſſemblée Nationale conſolide de jour en jour le grand œuvre qu'elle a commencé, nos Auguſtes Repréſentans ſe foutent du qu'en dira-t-on, & ſemblables au Soleil :

> *En dépit des vils détracteurs*
> *Ces Dieux pourſuivant leur carriere,*
> *Verſent des torrens de lumiere*
> *Sur leurs obſcurs blaſphémateurs.*

Signé le Pere DUCHÊNE.
Paris ce 20 *Novembre* 1790.

BIBLIOTHÈQUE NATIONALE

CHÂTEAU
de
SABLÉ

1988